AF602467

1 fevrier 1889

Vente du Vendredi 1er Février 1889

Hôtel Drouot. — Salle N° 5

CATALOGUE

DE BONS

LIVRES ANCIENS

ET MODERNES

OUVRAGES A FIGURES DU XVIIIe SIÈCLE. — OUVRAGES ILLUSTRÉS. ÉDITIONS DE LUXE.

Contes de La Fontaine (ÉDITION DES FERMIERS GÉNÉRAUX) MAROQ. ROUGE. (*Rel. anc.*). — **Œuvres de Béranger** AVEC 321 GRAVURES AJOUTÉES, 8 VOL. IN-8, DEMI-REL. MAROQ. — **Le Décaméron de Boccace**, 1757, 5 VOL. IN-8, *fig. de Gravelot*. — **Ouvrages d'Alfred Delvau**. — **Fables de Dorat**. 1773, 2 TOMES EN 1 VOL. IN-8, MAROQ. BLEU. — LES FRANÇAIS PEINTS PAR EUX-MÊMES, *fig. color*. — **Gœthe-Werther**. *Paris, Crapelet*, 1845, FIGURES DE MOREAU LE JEUNE AVANT LA LETTRE ET *figures ajoutées*. — **Molière**, ŒUVRES. *Paris*, 1863, 6 VOL. IN-8, *grand papier* FIG. DE MOREAU LE JEUNE. — **Musset** ŒUVRES, 1866, 10 VOL. GR. IN-8, DEMI-REL. MAROQ. N. ROG. — **La Pléiade**, *Paris*, *Curmer*, 1842. — VOYAGE A NAPLES ET EN SICILE DE SAINT-NON. — TABLEAUX HISTORIQUES DE LA RÉVOLUTION FRANÇAISE. — LES SAINTS ÉVANGILES ILLUST. PAR **Bida**. — OUVRAGES ILLUSTRÉS PAR **Gustave Doré**. — PUBLICATIONS DE **L. Conquet**. — ETC. ETC. ETC.

PARIS

A. DUREL, LIBRAIRE

21, RUE DE L'ANCIENNE-COMÉDIE, 21

9 ET 11, PASSAGE DU COMMERCE, 9 ET 11

1889

LA VENTE AURA LIEU

Le Vendredi 1er Février 1889

A deux heures de l'après-midi

A L'HOTEL DES COMMISSAIRES-PRISEURS, RUE DROUOT, 9

Salle n° 5, (au premier étage).

Par le Ministère de Me Georges BOULLAND, Commissaire-Priseur,

Rue des Petits Champs, 26.

Assisté de M. A. DUREL, Libraire

21, rue de l'Ancienne-Comédie, 9 et 11, passage du Commerce

ORDRE DE LA VACATION.

Nos 99 à 180 — 1 à 98

CONDITIONS DE LA VENTE

La vente se fait au comptant.

Les acquéreurs payeront 5 p. 100 en sus des enchères, applicables aux frais.

Les livres devront être collationnés sur place dans les vingt-quatre heures de l'adjudication. Passé ce délai, ou une fois sortis de la salle de vente, ils ne seront repris pour aucune cause.

M. A. DUREL, **chargé de la vente, remplira les Commissions des personnes qui ne pourraient y assister.**

M. A. DUREL, se réserve la faculté de réunir et de vendre en un seul lot tels articles du catalogue qu'il jugera utile à l'intérêt de la vente.

Catalogue Mensuel n° 143 bis. — Janvier 1889.

CATALOGUE

DE BONS

LIVRES ANCIENS

ET MODERNES

1. **Adam** (Victor). Un an de la vie d'un jeune homme, histoire véritable en 17 chapitres, écrits par lui-même, et lithographies par V. Adam. *Paris*, 1827, 1 titre et 17 planches. — UN AN DE LA VIE D'UNE JEUNE FILLE. *S. l. n. d.*, 17 lithographies coloriées, par Wattier. Ensemble 1 vol. gr. in-4, demi-rel. maroq. rouge, ébarbée.

   Recueil peu commun.

2. **Anglais** peints par eux-mêmes (Les), par les Sommités littéraires de l'Angleterre, dessins de M. Kenny-Meadoux. *Paris*, *L. Curmer*, 1840, 2 tomes en 1 vol. gr. in-8, dem.-rel. chag. rouge, tr. jasp.

3. **Arétin**. Les Dialogues du divin Pietro Arétino, entièrement et littéralement traduits pour la première fois. *Paris*, *Liseux*, 1879-1880, 3 tomes en 6 parties in-16, pap. vergé, portr., br., couv.

   Tiré à 350 exemplaires.

4. **Assemblée Nationale comique**, par Auguste Lireux, illustré par Cham. *Paris*, *Michel Lévy frères*, 1850, cart. spécial de l'éditeur., tr. dor.

5. **Aucassin et Nicolette**, chantefable du XIIe siècle, traduite par A. Bida. révision de texte original et préface, par G. Paris, *Paris*, *Hachette et Cie*, 1878, pet. in-4, pap. vél., texte encadré, fig.., br., couv.

6. **Aventures de Lazarille de Tormès,** nouvelle édition revue par Adrien Robert, dessins par Horace Castelli, grav. par Hildibrand. *Paris,* 1865, gr. in-8, fig., couv. conservée, cart. Bradel, n. rog.

7. **Aventures du Gouron Paramarta,** conte drolatique indien, orné de nombreuses eaux-fortes, par Bernay et Catelain. *Paris, Barraud,* 1877, in-8, br., couv.

8. **Basan. RECUEIL D'ESTAMPES GRAVÉES D'A-PRÈS LES TABLEAUX DU CABINET DE Mgr LE DUC DE CHOISEUL.** *Paris, rue et hôtel Serpente, s. d.,* gr. in 4, 128 estampes, dem.-rel. dos et coins de maroq. rouge, tête dor., n. rog.

Second tirage.

9. **Basan. TABLEAUX DU CABINET DE M. POUL-LAIN.** *Paris, rue et hôtel Serpente, s. d,,* 120 planches, gr. in-4, dem,-rel. dos et coins de mar. rouge, n. r.

Second tirage.

10. **Baudelaire** (Charles). Les Fleurs du mal, seconde édition augmentée de trente cinq poèmes nouveaux et ornée d'un portrait de l'auteur, dessiné et gravé par Bracquemond. *Paris, Poulet-Malassis,* 1861, in-12, dem.-rel. dos et coins de maroq. rouge foncé, tête dor., n. rog.

11. **Beautés de l'Opéra** (Les), ou Chefs-d'œuvre lyriques illustrés par les premiers artistes de Paris et de Londres, sous la direction de Giraldin, avec un texte explicatif, par Th Gautier J. Janin et Ph. Chasles. *Paris, Soulié,* 1845, gr. in-8, cart., dem.-maroq. bleu, ébarbé.

12. **Béquet** (Etienne). Marie ou le Mouchoir bleu, notice littéraire par Adolphe Racot, six compositions par de Sta, gravées par Abot. *Paris, Librairie L. Conquet,* 1884, in-12, fig., br., couv. n. rog.

13. **Béranger. ŒUVRES COMPLÈTES DE P.-J. DE BÉRANGER,** édition unique, revue par l'auteur, ornée de 104 vignettes en taille douce, dessinées par les peintres les plus célèbres. *Paris, Perrotin,* 1834, 4 vol. — Dernières Chansons, de 1834 à 1851. *Paris, Perrotin,* 1857. — Ma Biographie. *Paris,* 1868. — Supplément aux chansons de Béranger. *Paris,* 1866. — Musique des Chansons de Béranger. *Paris,* 1847, Ensemble 8 vol. in-8. fig.

et portr. dem.-rel. dos et coins de maroq. bleu, tête dor., n. rog. (*Lanseclin*).

Bel exemplaire, contenant :
1° La suite de 104 fig. de l'édition de 1834.
2° La suite des 120 gravures de Grandville et Raffet de l'édition de 1836.
3° La suite des 52 gravures d'après les dessins de Charles Lemud, Johannot, Daubigny, etc., de l'édition de 1847.
4° La suite (libre) de 8 figures noires, sur acier.
5° Les suites de figures de Sandoz, Lemud, etc., pour *Ma Biographie* et les *Dernières Chansons*.
6° Une suite coloriée dans le supplément.
Ensemble 321 pièces.

14. **Bernard** (P.-J.). Œuvres ornées de gravures d'après les desseins (*sic*) de Prudhon, la dernière estampe gravée par lui-même. *Paris, de l'imprimerie de Didot*, 1797, in-4 fig. maroq. rouge, ornem. dorés, et à froid sur les plats, tr. dor.

Exemplaire aux armes de Louis-Philippe Ier roi des Français.

15. **Beroalde de Verville.** Le Moyen de parvenir, nouvelle édition avec variantes, glossaires, etc. *Paris, Willem*, 1870, 3 vol. pet. in-8 y compris l'appendice, brochés.

16. **Berquin.** Idylles par M. Berquin. (*Paris*, 1775), 2 tomes en 1 vol. in-18, frontispice et 24 fig. de Marillier, maroquin vert, dos orné fil., dent. int., tr. dor. (*Champs*).

17. **Bertall.** Cahier des chargés des chemins de fer. Pamphlets illustrés. *Paris, Hetzel*, 1847, in-8, carré, br., couv. imprimée.

18. **Bertall.** La Comédie de notre temps. — La Civilité. — Les Habitudes. — Les Mœurs. — Les Coutumes. — Les Manières et les Manies de notre temps. Etude au crayon et à la plume, par Bertall. *Paris, Plon*, 1876, in-4, demi-rel. chag. r., pl. toile, tr. dor.

Exemplaire de 1er tirage.

19. **Bijoux des Neuf Sœurs** (Les), avec de jolies gravures. *A Paris, chez Defer de Maisonneuve*, 1790, 2 vol. pet. in 12, vélin blanc, titre calligraphié, tr. dor.

Six figures de Le Barbier, épreuves avant la lettre.

20. **Billaud** (Victor). Le Livre des Baisers, avec une eau-forte et 39 dessins à la plume par Henry Somm. *Royan*, 1879, in-12, papier de Hollande. cart. dos et coins de maroq. bleu, n. rog., couv. conservée.

21. **BOCCACE.** Le Decameron de Jean Boccace (traduit par Le Maçon). *Londres (Paris)*, 1757-1761, 5 vol. in-8, fig., v. marb., dos ornés, fil , dent. int., tr. rouges *(Thierry.)*

5 frontispices, 1 portrait, 110 figures et 97 culs de lampe, par Gravelot, Boucher, Cochin et Eisen, gravés par Aliamet, Baquoy, Pasquier, Saint-Aubin, etc.
Bel exemplaire.

22. **Boccace.** Les dix Journées de Jean Boccace, traduction de Le Maçon, réimprimées avec notice, notes et glossaire par Paul Lacroix, onze eaux-fortes, par Flameng. *Paris, Librairie des Bibliophiles*, 1873, 4 vol. in-8, dem.-rel. dos et coins de maroq. chag., tête dor., n. rog.

Exemplaire sur grand papier de Hollande, contenant la suite des *Estampes Galantes de Gravelot*, tirage moderne.

23. **Borel** (Petrus). Champavert. Contes immoraux, eaux-fortes par M. Adrien Aubry. *Bruxelles*, 1872, pet. in-8, pap. de Hollande, broché, couv. imp.

24. **Burette** (Théodore). Musée de Versailles. *Paris, Furne et Cie*, 1844, 3 vol. gr. in-4, cart. n. rog.

Nombreuses planches et portraits gravés sur acier.

25. **CARICATURES.** Recueil de 60 Lithographies noires et coloriées par H. Daumier et autres, en 1 vol. gr. in-4, dem.-rel.

26. **CERVANTÈS.** Histoire de l'admirable Don Quichotte de la Manche. *Amsterdam et Leipzig*, 1768, 6 vol. — Nouvelles de Cervantes. *Amsterdam*, 1768, 2 vol. — Ensemble 8 vol. in-12, fig. v. f., tr. peig.

27. **Cervantès.** L'Ingénieux Hidalgo Don Quichotte de la Manche, par Miguel de Cervantès Saavedra, traduction de Louis Viardot, avec 370 compositions de G. Doré, grav. sur bois par H. Pisan. *Paris, Hachette et Cie*, 1869, 2 vol. in-fol, dem.-rel. chag, r.

28. **Champfleury.** Les demoiselles Tourangeau. *Paris*, 1864. — Souvenirs et portraits de jeunesse. *Paris*, 1872. — L'Avocat trouble ménage. *Paris*, 1870. Ensemble 3 vol. in-12, br.

Editions originales avec couvertures. Envois autographes de l'auteur au docteur Vigne.

29. **Champfleury.** Histoire de la Caricature. — Antique. — Au Moyen-Age. — Moderne. — Histoire de l'Imagerie populaire. *Paris, E. Dentu*, 1869, 4 vol. in-12, les 3 premiers, dem.-rel. v. fauve, non rog., le quatrième, broché couvert.

30. **Champfleury**. Les Souffrances du professeur Delteil, vignettes par Crafty. *Paris, Rothschild*, 1870, in-8, couverture maroq. bleu, fil., dent. int., tête dor., non rog.

31. **CHAMPFLEURY**. Le Violon de faïence, nouvelle édition illustrée de 34 eaux-fortes de Jules Adeline, avant-propos de l'auteur. *Paris, librairie L. Conquet*, 1885, in-8 écu, broché, couv. imp, non rog.

32. **Chefs-d'œuvre d'art** (Les) à l'exposition de 1878 (*Paris*), *Baschet*, 1878, 2 tomes en 1 vol. gr. in-folio, nomb. planches demi-rel. maroq. grenat, planches montées sur onglets, non rog.

L'un des 25 exemplaires tirés sur papier de Chine.

33. **Chevigné** (Comte de). Les Contes Rémois, dessins de E. Meissonier. *Paris, libraire de l'Académie des Bibliophiles*, 1868, in-8, demi-rel., dos et coins de maroq, brun, tête dor., non rog.

Bel exemplaire avec la couverture conservée.

34. **CHODERLOS DE LACLOS**. Les Liaisons dangereuses. Lettres recueillies dans une société et publiées pour l'instruction de quelques autres. *Londres* (*Paris*). 1796, 2 vol. in-8, fig., veau fauv., fil. (*Rel. du temps.*)

2 frontispices et 13 figures par Monnet, Mlle Gérard et Fragonard fils, grav. par Baquoy, Duplessis-Bertaux, etc., etc.
Exemplaire de premier tirage.

35. **Claretie** (J.), Le Drapeau, édition illustrée de gravures hors texte, par A. de Neuville, de gravures sur bois d'après les dessins de Ed. Morin et du portrait de l'auteur gravé à l'eau-forte par A. Gilbert. *Paris, Decaux et Dreyfous*, 1879, in-4, texte encadré, br., couv.

Edition originale.

36. **Claretie** (Jules). La Canne de Michelet. Promenades et Souvenirs, préface par Alfred Mezières de l'Académie française, douze compositions de P. Jazet, gravées à l'eau-forte par H. Toussaint. *Paris, Librairie L. Conquet*, 1886, in-8, broché, couv. impr., non rog.

37. **Cocottes** (Sur les). 5 vol. in-16, broch., couv.

Les Cocottes. *Paris*, 1864. — Les Cocodés. *Paris*, 1864. — Ces petites dames de Théâtre *Paris*, 1862. — Les Pieds qui remuent. *Paris*, 1863. — Les Souteneurs et les Amants de Cœur. Études de Mœurs. *Paris*, 1861.

38. **Coleridge**. La Chanson du Vieux Marin, par Sam. Coleridge, trad par A. Barbier, et illustrée par G. Doré. *Paris, Hachette et Cie*, 1877, in-fol. cart. toile r., fers spéciaux (*Cart. des Editeurs.*)

39. **Collection Antique** (Petite), publiée par Quantin. *Paris*, 1878-1884, 7 vol. in-32, en têtes et encadrements en plusieurs tons, vignettes, broch., couv.

Daphnis et Chloé. — Héro et Léandre. — Les Amours. — Leucippe et Clitophon. — Dialogues des Courtisanes. — Les Bucoliques. — Anacréon et Sapho. — Les Idylles.

40. **Collection Hetzel-Lévy**. *Paris*, 7 vol. in-32, brochés, couv.

Mon oncle Benjamin, par C. Tillier, 1854, 2 vol. — Croquis à la plume par H. Monnier, 1858, 1 vol. — Les Petites Gens, par H. Monnier, 1858, 1 vol. — Les Bourgeois aux Champs par H. Monnier. 1858, 1 vol. — Avatar — Jettatura, par Th. Gautier. 1857, 2 vol.

41. **Commerson**. Pensées d'un emballeur pour faire suite aux Maximes de La Rochefoucauld. — Rêveries d'un Etameur pour faire suite aux pensées de Pascal. *Paris, Martinon*, 1854, 2 vol. in-16, demi-rel. maroq. rouge, tête dor., n. rog.

42. **Correctionnelle** (La), petites causes célèbres, études de Mœurs populaires au XIXe siècle, accompagnées de cent dessins par Gavarni. *Paris, chez Martinon*, 1840, in-4, fig., demi-rel. maroq. rouge, tête dor., ébarbé.

43. **DANTE**. Le Purgatoire et le Paradis de Dante Alighieri, avec les dessins de Gustave Doré. Traduction française de Pier-Angelo Fiorentino, accompagnée du texte italien. *Paris, Hachette et Cie*, 1868, in-fol., cart. toile r., fers spéciaux (*Cart. des Editeurs.*)

44. **DANTE**. L'Enfer de Dante Alighieri, avec les dessins de Gustave Doré. Traduction française de Pier-Angelo Fiorentino, accompagnée du texte italien. *Paris, Hachette et Cie*, 1872, in-fol., cart. toile r., fers spéciaux (*Cart. des Editeurs.*)

45. **Daudet** (A.). Numa Roumestan. Mœurs Parisiennes. *Paris, G. Charpentier*, 1881, in-12, br.

Edition originale, avec la couverture.

46. **DAUDET** (Alphonse). Fromont jeune et Risler aîné. Mœurs parisiennes. Notice littéraire par Gustave Geffroy. Douze compositions de Em. Bayard, gravées à l'eau-forte par J. Massard. *Paris, Librairie L. Conquet*, 1885, 2 vol. in-8 écu, brochés, couv. impr., non rog.

47. **Delvau** (Alfred). Les dessous de Paris, avec une eau-forte de Léopold Flameng. *Paris, Poulet-Malassis et de Broise*, 1860, in-12, broché, couvert. conservée.

48. **Delvau** (A.). Histoire des Cafés et Cabarets de Paris, avec dessins et eaux-fortes de G. Courbet, Léopold Flameng et Félicien Rops. *Paris, E. Dentu*, 1862, in-12, demi-rel. dos et coins de maroq. vert, tête dor., n. rog.

49. **Delvau** (A.). Histoire anecdotique des Barrières de Paris, avec 10 eaux-fortes par Emile Therond. *Paris, E. Dentu*, 1865, in-12, broché, couverture.

50 **Delvau** (Alfred). Le Fumier d'Ennius, avec une eau-forte de Léopold Flameng. *Paris, Librairie Achille Faure*, 1865, in-12, broché, couverture imprimée.

51. **Delvau** (A.). Mémoires d'une honnête fille, avec le portrait de l'auteur par G. Staal. *Paris, A. Faure*, 1866, in-12, demi rel., dos et coins de cuir de Russie, tête dor., non rog.

52. **DELVAU** (A.). **LES HEURES PARISIENNES.** 25 eaux-fortes d'Emile Benassit. *Paris, Librairie centrale*, 1866, in 12, demi-rel., dos et coins de maroq. vert, tête dor., non rog. (*Lanscelin.*)

Bel exemplaire, avec le supplément à l'Histoire du Livre d'Alfred Delvau, intitulé les Heures parisiennes. *Paris. Pincebourde.*

53. **Delvau** (A.). Les Heures parisiennes. *Paris, Librairie centrale*, 1866, in-12, broché.

Exemplaire sur papier de Hollande, les eaux-fortes manquent.

54. **Delvau** (A.) Du pont des Arts au pont de Kehl, frontispice à l'eau-forte de Emile Benassit. *Paris, Faure*, 1866. — A la Porte du Paradis *Paris, Faure*, 1867, ensemble 2 vol. in-12, demi rel. vélin blanc, non rog.

55. **DORAT. FABLES NOUVELLES.** *A La Haye et Paris, Delalain*, 1773, 2 tomes en 1 vol. in-8, fig., mar. bleu, dos orné, encad. de fil., dent. int, tr. dor. (*Lanscelin.*)

2 frontispices portant *Fables, par M. Dorat*, par Marillier, gravés par de Ghendt, 1 figure de Marillier, gravée par Delaunay, dans chacun des volumes; 1 fleuron, 99 vignettes et 99 culs-de-lampe de Marillier, gravés par Arrivet, Baquoy, Lingée, Masquelier, Ponce, Simonet, etc. Exemplaire sur *papier de France*. Bonnes épreuves des figures.

56. **Dumas fils** (A.). La Dame aux Camélias, préface de Jules Janin. *Paris, Michel Lévy frères*, 1872, in 8, portrait, broché, couv.

Edition spéciale tirée à 500 exemplaires numérotés.

57. **Dupont** (Pierre). Chants et Chansons (Poésie et Musique), ornés des gravures sur acier d'après Tony Johannot, Andrieux, C. Nanteuil *Paris*, 1853, 4 vol. pet. in-8, fig., demi-rel. maroq. rouge, tête dor., non rog.

58. **Erasme.** L'Eloge de la Folie, traduction nouvelle par M. Barrett, orné de douze figures. *A Paris, chez Defer de Maisonneuve*, 1789, in-12, demi-rel. maroq. vert, tête dor., non rog.

59. **Famin** (C.). Peintures, Bronzes et Statues..... formant la collection du Cabinet secret du Musée Royal de Naples. *Paris, Everat*, 1832, gr. in-4, fig., demi-rel. dos et coins de maroq. rouge, ébarbé.

60. **Fénelon.** Les Aventures de Télémaque, nouvelle édition, illustrée de 25 estampes gravées d'après les dessins de Ch. Monnet, par J.-B. Tilliard. *Paris*, 1810, 2 tomes en 1 vol. in-4, maroq. bas. rouge, tr. marbrée.

61. **Flaubert** (G.). Madame Bovary. *Paris, A. Lemerre*, 1874, 2 vol. in-12, pap. teinté, demi-rel., dos et coins de maroq. vert, tête dor., non rog.

Exemplaire auquel on a ajouté la suite des eaux-fortes de Boilvin.

62. **FLORIAN. — GALATÉE.** Roman pastoral, imité de Cervantès, édition ornée de figures en couleur d'après les dessins de Monsiau. *Paris, Defer de Maisonneuve*, 1793, gr. in-4, demi-rel. maroq. rouge, non rog.

Épreuves avant la lettre.

63. **Fournel** (V.) Les Rues du Vieux Paris, galerie populaire et pittoresque, par V. Fournel. *Paris, Didot*, 1879, gr. in-8, nombreuses illustrations, br., couv. ill.

64. **FRANCAIS PEINTS PAR EUX MÊMES** (Les). *Paris, Curmer*, 1840-1843, 8 vol. gr. in-8, figures coloriées, brochés.

65. **Fromentin** (Eug.). Un Été dans le Sahara. *Paris, Alphonse Lemerre*, 1874. — Une année dans le Sahel. *Paris*, 1874. — Ensemble 2 vol. in-8, br., couv.

66. **FROMENTIN** (Eug.). **SAHARA & SAHEL.** — Un Eté dans le Sahara. — Une Année dans le Sahel, édition illustrée de 12 eaux-fortes par Lerat, Courtry et Rajon, d'une héliogravure, et de 45 gravures en relief d'après les tableaux, les dessins et les croquis d'Eugène Fro-

mentin. *Paris*, *Plon et* Cie, 1879, in-4, demi-rel, dos et coins de maroq. La Vall., tête dor., non rog.

L'un des 100 exemplaires d'artiste, sur papier vélin, contenant les eaux-fortes en quatre états, épreuves en noir avant la lettre sur Chine volant, avant la lettre en sanguine, avant et avec la lettre en noir.

67. **Galerie** de la Presse de la littérature et des Beaux-Arts, directeur des dessins, Ch. Philippon, Rédacteur en chef, Louis Huart. *A Paris*, *chez Aubert*, 1840. 3 tomes en 2 vol. in-4, demi-rel. chag. rouge, plats toile, tr. dor.

68. **Gallet et le Caveau(1698-1757)**, par Jacques Bouché. *Epernay*, *Bonnedame et fils*, 1883, 2 vol. pet. in-8, pap. vergé. titre rouge et noir, texte encadré, vign., demi-rel., dos et coins de perc. verte, non rog., couv.

69. **Gautier** (Th.). La Comédie de la Mort. *Bruxelles*, *E. Laurent*, 1838, in-32, broché, couv.

70. **Gautier** (Th.). Une Larme du Diable, troisième édition. *Paris*, *Desessarts*, 1839, in 18, demi-rel., dos et coins de maroq. bleu, tête dor., non rog.

71. **Gautier** (Th.). Caprices et Zigzags. *Paris*, *Lecou*, 1852, in-12, demi-rel., dos et coins de maroq. bleu, tête dor., non rog.

72. **Gautier** (Théophile). Un Trio de Romans. *Paris*, *Lecou*, 1852. — Le Roman de La Momie. *Paris*, *Hachette et* Cie, 1858. - Les Jeunes France. *Bruxelles*, 1866. — Ensemble 3 vol. in-12, brochés, couvert.

73. **Gautier** (Th.). Poésies nouvelles. — Emaux et Camées. Théâtre. — Poésies diverses. *Paris*, *Charpentier*, 1863, in-12, demi-rel., dos et coins de maroq. bleu, tête dor., non rog.

74. **Gautier** (Th.). La Belle Jenny. *Paris*, *Michel Lévy*, *frères*, 1865, in 12, cart., Bradel, n. rog.

Edition originale avec la couverture.

75. **GAUTIER** (Th.). **LE CAPITAINE FRACASSE** avec 60 dessins de Gustave Doré *Paris*, *Charpentier*, 1866, gr. in-8, fig., broché, couvert.

Première édition illustrée.

76. **Gautier** (Th.). Mademoiselle de Maupin, avec quatre dessins de M. E. Giraud, grav. à l'eau-forte, par Champollion. *Paris*, *Charpentier*, 1878, 2 vol. in-32, br. (*épuisé*).

77. **GAUTIER** (Th.). **EMAUX & CAMÉES**. — Cent douze dessins de Gustave Fraipont, préface par Maxime Du Camp de l'Académie française. *Paris, Librairie L. Conquet*, 1887, in-16, broché, couv. imp., non rog.

Exemplaire de souscription, avec le « *Musée Secret.* »

78. **Gautier** (Théophile). Militona. — Un portrait et 10 compositions de Adrien Moreau, gravés par A. Lamotte. *Paris, Librairie L. Conquet*, 1887, in-8, couv. impr., non rog.

79. **Gavarni**. Perles et Parures. Les Parures. Fantaisie par Gavarni, texte par Méry. Histoire de la Mode, par le Comte Fœlix. *Paris, G. de Gonet, s. d.* (1850), 1 vol. — Les Joyaux. Fantaisie par Gavarni, texte par Méry. Minéralogie des Dames, par le comte Fœlix. *Paris, G. de Gonet, s. d.* (1850). — Ensemble 1 vol. gr. in-8, cart. de l'éditeur, non rog.

80. **Gessner** (Salmon). Œuvres. *Paris, chez Antoine-Augustin Renouard (de l'imprimerie de Crapelet), an VII*, 4 vol. in-8, portr. et figures, veau fauve, ant., fil, tr. dor. (*Rel. anc.*).

3 portraits et 48 figures par Moreau, gravés par Baquoy, Dambrun, Delvaux, Duprécl, de Ghendt, etc., etc.
Belles épreuves.

81. **GESSNER** (Salomon). Œuvres. Suite complète de 3 titres gravés différents, 1 frontispice avec portrait et 1 autre frontisp., 72 figures par Le Barbier, gravés par Allix, Bacquoy, Dambrun, Delignon, Gaucher, etc., etc. *Paris, chez l'auteur des estampes* (1786-1793), 1 vol. gr. in-4, cart., non rog.

Très belles épreuves à toutes marges, manque le frontisp. du tome III.

82. **GŒTHE. LES SOUFFRANCES DU JEUNE WERTHER**, par Gœthe, traduction par le comte H. de la B. (Bédoyère). *Paris, de l'imprimerie de Crapelet*, 1845, in-8, papier de Hollande, fig., maroq. bleu, dos orné à petits fers, encadr. de filets courbés, ornem. aux angles dent. int., tr. dor. (*Raparlier*).

Très bel exemplaire, contenant :
1° La suite des 3 figures de Moreau le jeune, en deux états. AVEC & AVANT LA LETTRE ;
2° La suite des dix gravures à l'eau-forte de Tony Johannot. *Epreuves sur Chine avant la lettre ;*
3° La suite des 4 gravures sur acier de Tony Johannot. Epreuves en trois états : Sur Chine avant lettre. Sur Blanc avant lettre et sur Blanc avec lettre ;
4° Portraits et figures diverses. — ENSEMBLE 35 PIÈCES.

83. **Gœthe.** Les Souffrances du Jeune Werther, par Gœthe, traduites par le comte Henri de La B...... (de La Bédoyère). *Paris, de l'imprimerie de Crapelet*, 1845, in-8, pap. vél., fig. (4) de Tony Johannot, mar. r., jans., dent. int., tr. dor. (*Capé*).

Bel exemplaire avec les figures en double état, avec la lettre sur blanc et avant toute lettre sur Chine.

84. **Gœthe.** Faust, par Gœthe, traduction de J. Porchat, revue par B. Lévy, enrichi de 13 gravures sur acier et 50 gravures sur bois, d'après les dessins de Liezen Mayer, ornements, têtes de page et culs-de-lampe, encadrements. *Paris, Hachette et Cie*, 1878, in-fol., cart. toile r , fers spéciaux, tête dor., non rog. (*Cart. des éditeurs*).

85. **GŒTHE. FAUST,** préface et traduction de Blaze de Bury, onze eaux-fortes de Lalauze, gravures de Méaulle, d'après Wogel et Scott. *Paris, A. Quantin*, 1880, in-folio.

Exemplaire sur papier Whatmann avec les eaux-fortes en double état, et le tirage à part des figures sur bois.

86. **Gœthe. Faust.** Suite de 26 lithographies au trait. *Paris, chez Auvray* (1826), in-4 oblong, cart.

87. **Goncourt** (Ed. et J. de), L'Amour au dix-huitième siècle. *Paris. Dentu*, 1875, in-12, eau-forte de Boilvin, texte encadré. = La fille Elisa. *Paris*, 1877. — Ensemble 2 vol. in-12, broch.

Editions originales, couvertures conservées.

88. **Grandville.** Les Métamorphoses du jour ou les Hommes à têtes de Bêtes. Edition populaire. *Paris, chez Aubert*, 1836, pet. in-4 oblong de 71 planch , cart. (*taches et déchirures*).

89. **Grappillons,** contes en vers, Sonnets, Épigrammes, Boutades, etc., etc., par un Bourguignon Salé. *Paris, Armand et Labat*, 1879, pet. in-8, port. à l'eau-forte par Lalaune, br.

Exemplaire sur papier de Chine.

90. **Grévin.** La Petite Poste des Amoureux. *Paris, Lefèvre, s. d.*, in-12, br , 150 dessins par Grévin , broché, couv.

Exemplaire sur papier de Hollande.

91. **Halévy** (Ludovic). Trois Coups de foudre, dix dessins de Kauffmann, grav. à l'eau-forte par J. de Mare. *Paris, Librairie L. Conquet*, 1886, in-16, fig. broch., couv., n. rog.

92. **Hancarville** (Hugues d'). **MONUMENS DE LA VIE PRIVÉE DES DOUZE CÉSARS**, d'après une suite de pierres gravées sous leur règne. *A Caprées, chez Sabellus (Nancy)*, 1780, 1 frontispice et 50 figures spintriennes. — **MONUMENS DU CULTE SECRET DES DAMES ROMAINES**. *A Caprées, chez Sabellus, s. d.*, 1 frontisp. et 50 figures spintriennes. Ensemble 2 vol. in-4, fig., dem -rel. veau fauve.

Exemplaire grand de marges.

93. **Houssaye** (Arsène). Les grandes Dames *Paris, E. Dentu, s. d.*, gr. in-8, fig. broché, couv.

Exemplaire sur papier de Chine.

94. **IMITATION DE JÉSUS CHRIST**. *Paris, L. Curmer*, 1856-58, 2 vol. in-4, figures, encadrements ou bordures en chromolithographie, maroq. brun, ornem. à froid sur les plats, tr. dor.

95. **Imitation de Jésus-Christ**, précédée d'une préface par Louis Veuillot *Paris, Glady frères*, 1876, in-8, eaux-fortes de Garnier, Gaucherel, Dubouchet, etc., etc., broché.

Exemplaire sur papier de Hollande, avec les épreuves avant la lettre, publié à 100 francs.

96. **Janin** (Jules). L'Ane mort, édition illustrée par Tony Johannot. *Paris, Ernest Bourdin*, 1842, gr. in-8, demi-rel., dos et coins de maroq brun, tête dor., non rog.

97. **La Bruyère**. Les Caractères de La Bruyère, avec dix-huit gravures à l'eau-forte par V. Foulquier. *Tours, Alfred Mame et fils*, 1867, gr. in-8, maroq. brun, dos orné, fil., dent. int., tr. dor. (*Lortie.*)

Bel exemplaire.

98. **LA FONTAINE CONTES ET NOUVELLES EN VERS** (Edition publiée aux frais des Fermiers-généraux, avec une notice par Diderot). *Amsterdam* (*Paris, Barbou*), 1762, 2 vol. in-8, port. par Ficquet, figures d'Eisen et culs-de-lampe de Choffard, mar. rouge, dos orné, fil . tr. dor. (*Rel. anc*)

Bon exemplaire, très belles épreuves.

99. **La Fontaine.** Contes de La Fontaine. Les 20 estampes dessinées par Fragonard et Touzé, pour l'édition de P. Didot l'aîné. *Paris*, 1795, réduites et gravées à l'eau-forte par T. de Mare. *Paris, L Conquet*, 1881, in-4 en livraisons.

Epreuves de troisième état, avant lettre sur Hollande.

100. **La Fontaine**. Suite de 1 portrait 75 figures et 22 vignettes à l'eau-forte par Delière. *Paris, L Conquet*, 1880, gr. in-4 en carton.

Epreuves avant la lettre sur Japon.

101. **Le Sage**. Histoire de Gil Blas de Santillane, édition ornée de figures. *Paris, de l'Imprimerie de Didot jeune, l'an troisième*, 4 vol. in 8, veau fauve, dos orné, tr. dor. (*Rel. anc.*)

100 figures charmantes par Bornet, Charpentier et Duplessi-Bertaux, gravées sous la direction de Hubert.

102. **Longus**. Les Amours pastorales de Daphnis et Chloé, traduites du grec de Longus par Amyot. *Paris, de l'Imprimerie de P. Didot*, 1800, in-4, fig. de Prudhon, demi-rel., dos et coins de mar. vert, tête dor., non rog.

103. **Lorentz**. Polichinel, ex-roi des marionnettes, devenu philosophe. *Paris, Willermy*, 1848, in-8, figures broché, couv. imp.

104. **Lorris** (Guillaume de). Le Roman de la Rose, par Guillaume de Lorris et Jean de Meun dit Clopinel, accompagné de plusieurs autres ouvrages d'une préface historique, de notes et d'un glossaire (par Lenglet Dufresnoy). *Paris, chez la veuve Pissot*, 1735 *et Dijon*, 1738, 4 vol in-12, maroq. bleu, dos orné, encad. de fil., tr. dor (*Bauzonnet.*)

Charmant exemplaire.

105. **Loti** (P.). Pêcheur d'Islande, roman, illustrations par P. Jazet, gravées par G. Manchon. *Paris, Calmann Levy*, 1886, in-8, portr. et fig , br., couv.

L'un des 235 exemplaires sur papier vergé.

106. **Louvet de Couvray**. Les Amours du Chevalier de Faublas. *Paris, chez Ambroise Tardieu*, 1825, 4 vol. in-8, fig. de Colin, demi-rel., dos et coins de maroq. citron, tr. dor.

107. **Maistre** (X. de). Voyage autour de ma chambre, suivi de l'Expédition nocturne, préface par Jules Claretie. Six eaux-fortes par Hédouin. *Paris, Librairie des Bibliophiles*, 1877, in-12, fig. br.

108. **Malfilâtre**. Narcisse dans l'île de Vénus, poème en quatre chants. *A Paris, chez Maradan, s. d.*, in-8, titre gravé et 4 fig. de Saint-Aubin, gr. par Massard, cart. Bradel, ébarbé.

109. **Marguerite de Navarre.** Les Sept journées de la Reine de Navarre (Edition de Claude Gruget 1559), notice et notes par Paul Lacroix, index et glossaire. Planches à l'eau-forte, par Flameng. *Paris, Librairie des Bibliophiles*, 1872, 4 vol. in-8, maroq. bleu, dos orné, chiffre aux angles, dent. int., tr. dor. (*Allo.*)

Bel exemplaire en grand papier de Hollande.

110. **Marmontel.** La Neuvaine de Cythère, avec notice par Ch. Monselet, illustrée du portrait de l'auteur et de neuf vignettes, dessinées par Fesquet. *Paris, Barraud*, 1879, in-8, br.

Exemplaire sur papier vergé raisin, n° 87.

111. **Marot** (Clément). Œuvres. *Lyon, Scheuring*, 1869, 2 vol. pet. in-8, texte encadré, demi-rel., dos et coins de maroq. bleu, tête dor., non rog.

Exemplaire sur papier Whatmann.

112. **Mélanges.** Réunion de 4 vol. in-12, brochés.

Camille Lemonnier. Un Mâle. *Bruxelles, s. d.* — Lorédan Larchey. Dictionnaire d'Argot. *Paris, E. Dentu*, 1878. — V. Cherbuliez. L'Idée de Jean Téterel. *Paris*, 1878. — Ch. Monselet. Le Petit Paris. *Paris*, 1879.

113. **Mélanges.** Réunion de 9 vol. in-12, brochés.

Mery. La Chasse au Chastre. *Paris, Didier*, 1853. — Théorie de l'Amour et de la Jalousie, 1853. — Th. Gautier. Emaux et Camées 1853 — Celle-ci et celle-là 1853. — Ce que Vierge ne doit lire. *Paris*, 1869. — Entre deux Paravents, eaux-fortes de Boilvin. *Paris*, 1879. — Diderot. La Religieuse. *Bruxelles*, 1871. — Les nouvelles Amoureuses. — Cent cinq Rondeaulx d'amour. *Paris, Tross*, 1863.

114. **Mémoires de Mademoiselle Avrillon**, première femme de chambre de l'Impératrice, sur la vie privée de Joséphine, sa famille et sa Cour. *A Paris, chez Ladvocat*, 1833, 2 vol in-8, port. et fac-simile, maroq. bleu, dos orné, fil., dent. int, tr. dor.

115. **Mérimée** (P.). Lettres à une inconnue, précédées d'une étude sur Mérimée, par H. Taine. *Paris, Michel Lévy frères*, 1874, 2 vol. in-8, br., couv. (*Edit. originale.*)

116. **Mérimée** (P.) Colomba, avec deux dessins de J. Worms, grav. à l'eau-forte par Champollion. *Paris, G. Charpentier*, 1878, in-32, broché (*Epuisé.*)

117. **MOLIÈRE. ŒUVRES COMPLÈTES**, nouvelle édition collationnée sur les textes originaux, avec leurs variantes, précédée de sa vie et de ses ouvrages par M.

J. Taschereau. *Paris, Furne et Cie*, 1863, 6 vol. gr. in-8, fig., maroq. rouge à grain long, dos orné, encad. de dent. sur les plats, dent int., tr. dor.

Edition tirée à cent exemplaires numérotés sur papier de Hollande. Bel exemplaire, contenant les suites des figures de Moreau le jeune, parues dans l'édition de 1773 (*Réimpression sur Chine*) et dans l'édition Renouard. Six portraits différents, de Molière, ajoutés.

118. **Monnier** (Henri). Mémoires de Monsieur Joseph Prudhomme. *Paris, Librairie nouvelle*, 1857, 2 vol. — Paris et la Province, par H. Monnier. *Paris*, 1866, 1 vol. Ensemble 3 vol. in-12, br.

Editions originales, couvertures conservées.

119. **Monnier** (Henry). Scènes populaires dessinées à la plume par Henry Monnier. *Paris, E. Dentu*, 1864, in-8, demi-rel., dos et coins de maroq. rouge, tête dor., non rog.

120. **MONNIER** (H.). **LES BAS FONDS DE LA SOCIÉTÉ**. *Paris* (*Imprimerie Claye*), gr. in-8 frontispices à l'eau-forte, demi-rel., dos et coins de maroq. rouge, tête dor., non rog.

121. **Monnier** (Henry). Les Grisettes. — Suite de 34 lithographies coloriées. *Paris, par Girardin Bovinet, passage Vivienne*, in-4, cart. Bradel, dos et coins, n. rog.

122. **Monnier** (Henry). Album de lithographies. — Galerie contemporaine. — Vues de Paris, etc., etc. Ensemble 43 pièces en 1 vol. in-4 oblong, cart.

123. **Monselet** (Ch.). Les Créanciers, œuvre de Vengeance, avec une cruelle eau-forte d'Emile Bénassit. *Paris, René Pincebourde*, 1870, in-8, br.

124. **Montesquieu**. Le Temple de Gnide (suivi de Arsace et Isménie). *A Paris, de l'imprimerie de Didot jeune, l'an troisième*, gr. in-8, figures d'Eisen, dem.-rel. dos et coins de maroq. bleu, tête dor., n rog.

125. **Montesquieu**. Lettres persanes, préface par M. Tourneux, dessins de Ed. de Beaumont, grav. à l'eau-forte par Boilvin. *Paris, Librairie des Bibliophiles*. 1876, 2 vol. in-16, fig. br.

126. **Monument du Costume**. Estampes de Freudenberger et de Moreau le jeune, dessinées en 1775-1783, pour servir à l'histoire des mœurs, des modes et des costumes en France dans le XVIIIe siècle, gravées au burin et à

l'eau-forte par H. Dubouchet. Textes originaux, anecdotiques et explicatifs, publiés au XVIIIe siècle, en même temps que les estampes de Freudenberger et de Moreau. Réimpressions textuelles entièrement gravées sur cuivre avec les cadres et les fleurons du XVIIIe siècle et précédées de notices sur l'œuvre de Freudenberger et de Moreau le Jeune, par. MM. J. Grand-Carteret et Ph. Burty. *Paris, L. Conquet*, 1883, in-4 et gr. in-8 en cartons.

Epreuves de quatrième Etat.

127. **MULLER** (Eugène). **LA MIONNETTE** 28 compositions de O. Cortazzo, gravés à l'eau-forte par Abot et Clapès. *Paris, Libraiaie L. Conquet*, 1885, in-16, broché, couv. imp., n. rog.

128. **MUSÉE DANTAN**. Galerie des Charges et Croquis des Célébrités de l'Epoque. *Paris*, 1845, gr. in-8, 100 planches, dem.-rel. maroq. vert, tête dor., n. rog.

129. **Musée** ou magasin comique de Philippon, contenant près de 800 dessins par Cham, Daumier, Gavarni, Grandville, Eug Lami, Lorentz, Trimolet, etc. Textes par Huart, Philippon, etc., etc. *Paris, chez Aubert et Cie, place de la Bourse, s. d.*, 2 vol. gr. in-4, cart. de l'éditeur, ébarbés.

130 **MUSSET** (Alf. de). **ŒUVRES COMPLÈTES**, avec lettres inédites, variantes, notes, index, facsimile, notice biographique par son frère, édition dédiée aux amis du poète, ornée de 28 dessins de M. Bida et d'un portrait d'Alfred de Musset, d'après l'original de M. Landelle, gravés sur acier sous la direction de M. Henriquel Dupont, par les premiers artistes. *Paris, Charpentier*, 1866, 10 vol. gr. in-8. fig , dem.-rel. dos et coins de mar. grenat, dos ornés mosaïque, fil., tête dor , n. rog. (*Raparlier.*)

Exemplaire en grand papier de Hollande avec les figures tirées sur papier de Chine, ÉPREUVES AVANT LA LETTRE.

131. **Musset** (A. de). Nouvelles. Les Deux Maîtresses. — Emmeline. — Le fils de Titien. — Frédéric et Bernerette. — Pierre et Camille. Nouvelle édition illustrée de 1 portrait gravé par Burnet, d'après une miniature de Mari Moulin et de 15 compositions de F. Flameng et O. Cortazzo, gravées à l'eau-forte par Mordant et Lucas. *Paris, Librairie L. Conquet*, 1887, in-8, broché, couv. imp., non rog.

132. **Nadaud** (Gustave). Chansons populaires. — Chansons de Salon. — Chansons légères. *Paris, édition Jouaust*, 1879, 3 vol. in-16, eaux-fortes par Edmond Morin. broch., couv. imp.

133. **NERVAL** (Gérard de). **SYLVIE**. Souvenirs du Valois, préface par Ludovic Halévy. — Compositions dessinées et gravées à l'eau-forte par Ed. Rudaux. *Paris Librairie L. Conquet*, 1886, in-16, broch., couv. imp., non rog.

134. **Noël** (Edouard). Une Mélodie de Schubert, dessins de Georges Cain, gravées par Deville. *Paris, Librairie L Conquet*, 1888, in-16, fig. broché, couv. imp., n. rog.

135. **Nogaret**. Le fond du Sac. *Venise* (*Paris, Cazin*), 2 vol. pet. in-12, frontisp. et vignettes non sig., maroq. rouge, dos orné, fil., dent. int., tr. dor. *(Claessens)*.

136. **Paris à table**, par Eugène Briffault, illustré par Bertall. *Paris, Hetzel*, 1846, pet. in-8, cart. Bradel, ébarbé.

137. **Paris qui s'en va et Paris qui s'en vient**, eaux-fortes de Léopold Flameng. texte par A. Delvau, Houssaye, Th. Gautier, Castagnary, etc., etc. *Paris, A.Cadart, place de la bourse*, in-folio, cart., ébarbé.

138. **Parnes** (Roger de). Le Directoire. Portefeuille d'un Incroyable. *Paris, Rouveyre et Blond*, 1880, in-8, frontisp. br., couv.

139. **Pascal**. Texte primitif des lettres provinciales. *Paris, Librairie L. Hachette et Cie*, 1867, gr. in-8, texte encadré papier teinté, mar. brun, fers à froid, tr. dor.

140. **Petit neveu de Boccace** (Le), ou Contes nouveaux en vers. *A Avignon*, 1781, frontispice de Desrais, veau marbré *(Rel. anc.)*

141. **PLEIADE** (La), Ballades, Fabliaux, Nouvelles et Légendes. Homère, Véda-Vyasa, Marie de France, Burger, Hoffmann, Ludwig Tieg, Ch. Dickens, Gavarni, H. Blaze. *Paris, L. Curmer, rue de Richelieu, 49*, 1842, pet. in-8, fig., dem.-rel. dos et coins de maroq. vert, tête dor., n. rog.

142. **Pogge**. Les Facéties, traduites en français avec le texte latin. *Paris, Isidore Liseux*, 1878, 2 vol. in-12, br. (*Edition épuisée)*.

143. **Ponce.** Les illustres français, ou Tableaux historiques des grands hommes de la France, pris dans tous les genres de célébrité, ouvrage national dédié à Mgr Comte d'Artois, par M. Ponce, graveur...... d'après les dessins de M. Marillier. *A Paris, chez l'auteur*, 1790. in-folio, titre gravé et 43 planches, cart., n. rog.

Exemplaire de premier tirage.

144. **Prevost** (l'abbé). Histoire de Manon Lescaut et du chevalier des Grieux. précédée d'une préface par Alex. Dumas fils. *Paris, Glady frères*, 1875, in-8, portraits et eaux-fortes de L. Flameng, maroq. bleu, dos orné, fil., dent. int., tête dor., n. rog.

145. **Quatrelles.** A Coups de fusil, ouvrage illustré de trente dessins originaux hors texte. par A. de Neuville. *Paris, G. Charpentier*, 1877, in-4, broché, couverture.

Première édition.

146. **Rabelais**. **ŒUVRES DE RABELAIS**, texte collationné sur les Editions originales, avec une vie de l'auteur, des notes et 1 glossaire. Illustrations de Gustave Doré. *Paris, Garnier frères*, 1873, 2 vol. in-fol., cart. toile r., fers spéciaux, n. rog. (*Cart. des éditeurs*).

147. **Restif de la Bretonne.** Monument du Costume et Histoire des Mœurs et du Costume des Français dans le XVIIIe siècle. — 38 estampes par Moreau le Jeune et Freudenberg, notice par A. de Montaiglon. *Paris, Willem*, 1876-78, 2 tomes en 1 vol gr. in-fol., dem-rel. dos et coins de maroq rouge, tête, n. rog.

Exemplaire sur papier de Hollande

148. **Rochefort** (R.). Les Petits Mystères de l'Hôtel des Ventes. *Paris, E. Dentu*, 1867, in-12, br.

Edition originale, avec la couverture.

149. **Rousseau** (J.-J). Les Confessions, avec une préface par Marc Monnier. treize eaux-fortes par Ed. Hedouin. *Paris, Librairie des Bibliophiles*, 1881, 4 vol. in-12, cart. dos et coins de maroq. rouge, n. rog.

150. **Rousseau.** Les Confessions. Suite d'un portrait et de trois estampes de Le Barbier, grav. au burin et à l'eau-forte par Nargeot. *Paris, L. Conquet*, 1881, in-4 en feuilles.

Epreuves sur Japon en noir.

151. **Saint-Non** (L'abbé R. de). Voyage pittoresque, ou Description du Royaume de Naples et de Sicile. *Paris*, 1781-1786, 4 tomes en 5 vol. gr. in-folio, fig. veau granit, tr. dor. *(Rel. anc.)*

Bel ouvrage orné de 376 gravures, 11 grandes vignettes, 74 culs de lampe et fleurons, 12 cartes et 1 plan, dessinés par Auvray, Choffard, Cochin, Desprès, Duplessis-Bertaux, etc., etc.

152. **Sainte-Bible.** Le Livre de Ruth, traduit de la Sainte-Bible, par Lemaistre de Sacy, enrichi de 9 grandes compositions, de 4 têtes de chapitre et de 3 culs-de-lampe, gravés à l'eau-forte, d'après les dessins originaux de Bida, par Hédouin, Lerat, etc., encadrements. *Paris, Hachette et Cie*, 1876, in-fol., cart. toile r., fers spéciaux, non rog. (*Cart. des Editeurs.*)

Epuisé.

153. **Sainte-Bible.** L'Histoire de Joseph, traduite de la Sainte-Bible par Lemaistre de Sacy, enrichie de 20 grandes compositions gravées à l'eau-forte d'après les dessins de Bida, par Boilvin, Flameng, etc. *Paris, Hachette et Cie*, 1878, in-fol., cart. toile r., fers spéciaux, non rog. (*Cartonnage des Editeurs.*)

154. **Sainte-Bible.** L'Histoire de Tobie, traduite de la Sainte-Bible par Lemaistre de Sacy, enrichie de 14 grandes compositions gravées à l'eau-forte, d'après les dessins originaux de Bida, par Bida, Courtry, Flameng, etc., têtes de chapitre, lettres ornées, culs-de-lampe et encadrements. *Paris, Hachette et Cie*, 1880, in-fol., cart. toile r., fers spéciaux, non rog. (*Cart. des Editeurs.)*

155. **Sainte-Bible.** L'Histoire d'Esther, traduite de la Sainte-Bible par Lemaistre de Sacy et enrichie de 12 grandes compositions gravées à l'eau-forte, d'après les dessins originaux de Bida, par Boilvin, Champollion, etc., têtes de chapitre, culs-de-lampe et encadrements. *Paris, Hachette et Cie*, 1882, in-fol., cart. toile r., fers spéciaux, non rog. (*Cart. des Editeurs*)

156. **SAINTS ÉVANGILES** (Les), traduction tirée des œuvres de Bossuet par M. Wallon. *Paris, Hachette et Cie*, 1873, 2 vol. gr. in-folio, enrichis de 128 grandes compositions grav. à l'eau-forte par Bida, encad. et titres imprimés en rouge, maroq. noir, dos orné, encad. à froid et dorés sur les plats, dent. int., tr. dor.

Bel exemplaire.

157. **Sand** (George). Elle et lui. *Paris, Hachette et Cie*, 1859, in-12, broché.

Edition originale, avec la couverture.

158. **Souvestre** (Emile). Le Monde tel qu'il sera, illustré par MM. Bertall, O. Penguilly et St-Germain. *Paris, édité par W. Coquebert, s. d.*, in-8, demi-rel. chag. bleu, tête dor., non rog.

159. **STENDHAL** (de) (*Henry Beyle*). **LE ROUGE & LE NOIR**. Réimpression textuelle de l'édition originale, illustrée de 80 eaux-fortes, par H. Dubouchet, préface de Léon Chapron. *Paris, Librairie L. Conquet*, 1884, 3 vol in-8, brochés, couv. imp. non rog.

160. **Sterne** (Laurence). Voyage sentimental en France et en Italie, trad. nouv. par Alfred Hédouin, six eaux-fortes, par Edmond Hédouin. *Paris, Librairie des Bibliophiles*, 1875, in-12, dem.-rel., dos et coins de maroq. rouge foncé, tête dor., non rog

161. **Sue** (Eug.). Les Mystères de Paris, nouvelle édition revue par l'auteur. *Paris, Ch. Gosselin*, 1843-44, 4 vol. gr. in-8, figures, demi-rel., dos et coins de maroq. grenat, tête dor., non rog.

Première édition illustrée.

162. **TABLEAUX HISTORIQUES DE LA RÉVOLUTION FRANÇAISE**, ouvrage orné de 134 gravures avec des discours (par l'abbé Fauchet, Champfort, Guinguené et Pagès). *Paris, de l'imprimerie de P. Didot l'aîné*, 1798, 2 vol. in-folio, veau marbré, tr. dor. *(Rel. anc.)*

163. **Taine** (H.). Notes sur Paris. — Vie et Opinions de M. Frédéric-Thomas Graindorge..... *Paris, L. Hachette et Cie*, 1867, pet. in-8, demi-rel., dos et coins de maroq. rouge, tête dor., non rog.

164. **Tandou**. Fernand Belligera. Miettes d'Amour. *Paris, sous la galerie de l'Odéon*, 1857, in-16, broché, couv. (*Rare.*)

165. **Tasse**. **LA JÉRUSALEM DÉLIVRÉE**, en vers françois, par L. P M. F. Baour-Lormian. *Paris, de l'imprimerie de P. Didot l'aîné*, 1796, 2 vol. gr. in-4, demi-rel. veau.

1 frontispice et 40 figures par Cochin, gravés par Dambrun, de Launay, Delignon, Duclos, Lingée, Patas, Simonet, etc. Belles épreuves.

166. **Théophile.** Le Parnasse satyrique, du sieur Théophile, suivi du Nouveau Parnasse satyrique (Edition Poulet-Malassis). *S. l.* (*Bruxelles*), 1864, 2 vol. in-12, frontisp. à l'eau-forte, demi-rel., dos et coins de maroq. bleu, tête dor., non rog.

167. **Uzanne** (O.). La Guirlande de Julie, augmenté de documents nouveaux, et ornée d'un portrait inédit de Julie d'Angennes *Paris, Librairie des Bibliophiles.* 1875, in-12, demi-rel., dos et coins de maroq. rouge, tête dor., n. rog.

168. **Uzanne** (Octave). Le Bric à Brac de l'Amour. *Paris, Rouveyre*, 1879, pet. in-8, br., front. à l'eau-forte, broché, couv.

169. **Uzanne** (Octave). La Chronique scandaleuse, publiée avec préface, notes et index. *Paris, A. Quantin*, 1879, gr. in-8, frontisp. en couleur de Lalauze broché, couv. imp.

170. **Uzanne** (Octave). Anecdotes sur la comtesse du Barry. *Paris, A. Quantin*, 1880, gr. in-8, frontisp. de Lalauze, broché, couv. impr.

171. **Uzanne** (O.). Son Altesse la femme, illustrations de H. Gervex, J.-A. Gonzalès. L. Kratké, Alb. Lynch, Ad. Moreau et F. Rops, reproduites en taille-douce et en couleur. *Paris, Quantin*, 1885, gr. in-8, nomb. vign. et culs-de-lampe, br., couv. à l'aquarelle d'après Fraipont.

Epuisé.

172. **Vadé**. La Pipe cassée, poème. *Paris, Leclère*, 1866. pet. in-8, figures, cart., n. rog.

173. **Voisenon** (l'abbé de). Contes : Tant mieux pour elle. Le Sultan Misapouf. La Navette d'amour, *Paris, Liseux*, 1879, in-12, br., couv.

174. **Voltaire.** La Pucelle d'Orléans, poème en 21 chants, par Voltaire. *Rouen, J. Lemonnyer*, 1880. 2 tomes en 1 vol. in-8 écu, portr. médaillons, front et grav. à mi-page de Duplessis-Bertaux, mar. r., dos orné, fil., dent. int , tr. dor. (*Smeers*).

L'un des 150 exemplaires sur papier de Hollande, auquel on a ajouté le tirage à part des figures, tiré en bistre sur Chine volant.

175. **ZOLA** (Emile). **NOUVEAUX CONTES A NINON.** 1 frontispice et 30 compositions dessinés et gravés à l'eau-forte par Ed. Rudaux. *Paris, Librairie L. Conquet*, 1886, 2 vol. in-8 écu, brochés, couv. imp., n. rog.

176. **Zola** (Emile). L'Assommoir, édition illustrée par André Gill. *Paris, Marpon et Flammarion, s. d.*, gr. in-8, fig. br., couv.

Exemplaire sur grand papier de Hollande.
Première édition illustrée.

177. **Zola** (Emile). Pot-Bouille. *Paris, G. Charpentier*, 1882, in-12, cart. Bradel. coins, n. rog.

Edition originale avec la couverture.
Exemplaire sur papier de Hollande.

178. **Zola** (Emile). Au Bonheur des Dames. *Paris, G. Charpentier*, 1883, in-12, cart. Bradel, coins, n. rog.

Edition originale avec la couverture.
Exemplaire sur papier de Hollande.

179. **Zola** (Emile). La Joie de vivre. *Paris, Charpentier et Cie*, 1884, in-12, broché.

Edition originale, avec la couverture.
Exemplaire sur papier de Hollande.

180. **Zola** (Emile). La Terre. *Paris, Charpentier et Cie*, 1887, in-12, broché, couverture (*Edit. orig.*)

Arras. — Imp Vve Schoutheer-Dubois, rue des Trois-Visages, 53.

RED. :

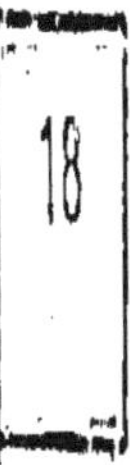
18

0 1 2 3 4 5 6 7 8 9 10

www.ingramcontent.com/pod-product-compliance
Ingram Content Group UK Ltd.
Pitfield, Milton Keynes, MK11 3LW, UK
UKHW020528180726
13839UKWH00005B/2373

9 782329 329666